I'll Be Here For You

- 1 -

HYEON-SOOK LEE

Aus dem Koreanischen von Laura Klug

Du Bastard!
Wieso kommst du erst jetzt?
WAMM

Ent-schuldigung. Ich stand im Stau...
Deine Ausreden interessie-ren mich nicht!
WAMM

ZUCK

Was stehst du noch hier rum?! Setz dich in den Wagen und fahr endlich los!

Wann ist das Interview noch mal?
Um 15 Uhr.
Dann sollte er jeden Moment eintreffen.

RATTER
Da kommt er ja.

Oh?

Herr Sunwoo Baek?
Sie sind der Bewerber Sunwoo Baek, richtig?
Ah, genau...
Dann nehmen Sie bitte hier Platz.

Erkennt er mich nicht?
Hmm... Es sind über zehn Jahre vergangen, seit wir uns zuletzt gesehen haben.
Daher ist es verständ-lich, dass er mich nicht erkennt, oder?
Guten Tag.
Mein Name ist Sunwoo Baek.

Er kommt mir so bekannt vor...
Richtig – damals auf dem Parkplatz...

Kommt daher sein überraschter Gesichtsausdruck?
Nein... er kann mich an dem Tag nicht wirklich gesehen haben.
Es war zu dunkel und er hatte andere Sorgen...
Lebenslauf
Geburtstag
12. April 199X
Name
Sunwoo Baek
E-Mail
whitexx@daewon.com
Adresse
Jung-gu, 00-dong, Nr. 458, Seoul, Südkorea
Telefonnummer
010-4402-36xx
Anmerkungen
Zeitraum
Akademischer Lebenslauf
201x - 201x
Abbruch Medizinstudium, Seoul S-Universität
Zeitraum
Berufserfahrung und Zusatzqualifikationen
Verlader für Pakete
Medizinstudium abgebrochen, Verlader für Pakete, Lieferdienst...

Das ist ein sehr ehrlicher Lebenslauf.
Gibt es etwas, das Sie hinzufügen wollen?

Ähm...
Nein, nichts weiter.
Sein Gesicht ist immer noch angeschwollen...
In Ihrem Lebenslauf steht...
... dass Sie Ihren Job als Fahrer gekündigt haben. Darf man den Grund erfahren?

Es gab...
... Schwie-
rigkeiten mit
einem Kun-
den...
Verstehe.
Sie können
dann gehen.
Wir lassen
Sie telefonisch
wissen, ob Sie
die Stelle be-
kommen.

Er ist wohl nicht der Richtige?
Doch, doch. Geben Sie ihm Bescheid, dass er nächste Woche hier anfangen kann.

Aber...
... er hatte in seinem letzten Job Ärger mit Kunden...
Könnte er nicht auch hier für Probleme sorgen?
Das glaube ich nicht.
Ich habe damals gesehen, wie ein Kunde ihn geschlagen hat.
Wie bitte?
Es war einer unserer Gäste, der ihn ins Gesicht geschlagen hat, weil er spät dran war.
Wirklich?!

Seinem Gesichts-ausdruck nach fragt er sich...
... wieso ich nichts unternommen habe.
Ich wollte ja dazwischen-gehen, aber...
Lüge...!
... es ist mein Prinzip, mich nicht bei so was einzumischen. Er wird sich gut benehmen, denke ich. Auch wenn ein Gast mal unfreundlich sein sollte.

* Einbahnstraße

RRRING
Hallo, Dongkyu?
Drückst du dich auch diesmal vorm Alumni-Treffen?
Nein, ich komme.
Wie kommt's?
Ich habe meinen Job beim Lieferdienst gekündigt.

KLAPS
Hey, altes Haus!
Ich sehe dich so selten persönlich.
Du bist sehr beschäftigt, was?
Tut mir leid.
Du schuldest mir noch was, vergiss das nicht!
...
Darauf willst du hinaus?

Das war doch nur ein Spaß, du Doofi!
Oh! Haha. Verstanden.
Und was für einen Job machst du als nächstes?
Ich war vorhin bei einem Vorstellungsgespräch.
Echt? Wo denn?

In einem Restau- rant.
Aber...
?
Dongkyu, in Wahrheit habe ich...
... Yoojung getroffen...

Ach, nichts.
Mach dir keine Sorgen. Die stellen dich garantiert ein.
Danke.
Einerseits wünsche ich mir, dass ich eingestellt werde...
... aber anderer-seits irgendwie auch nicht...

Es heißt, das menschliche Gedächtnis sei selektiv.
Obwohl ich mich nicht an die Gesichter der Beteiligten erinnern kann...
... erinnere ich mich noch genau an seinen Blick, als ich ihn schlug.
An die Atmosphäre...

... und die lauten Atemzüge.
All das habe ich noch klar vor Augen.
Als hätte es sich eingebrannt.
Der Vorfall hat mich traumatisiert. Seitdem vermeide ich Auseinandersetzungen.

I'll Be Here For You

Gah!
Was zur Hölle...?!
ZIEH
SCHMIEG

Lass uns noch ein biss-chen schlafen, Dongkyu.
Gewöhn es dir ab, dich beim Schlafen an andere anzu-kuscheln. Dein Schwanz klebt mir am Hin-tern!
Du weißt, dass ich daran nichts ändern kann - so ist es morgens halt.
Lass uns nur noch zwei Stündchen schlafen. Ich lade dich nachher noch auf was gegen den Kater ein.
Im Ernst?!

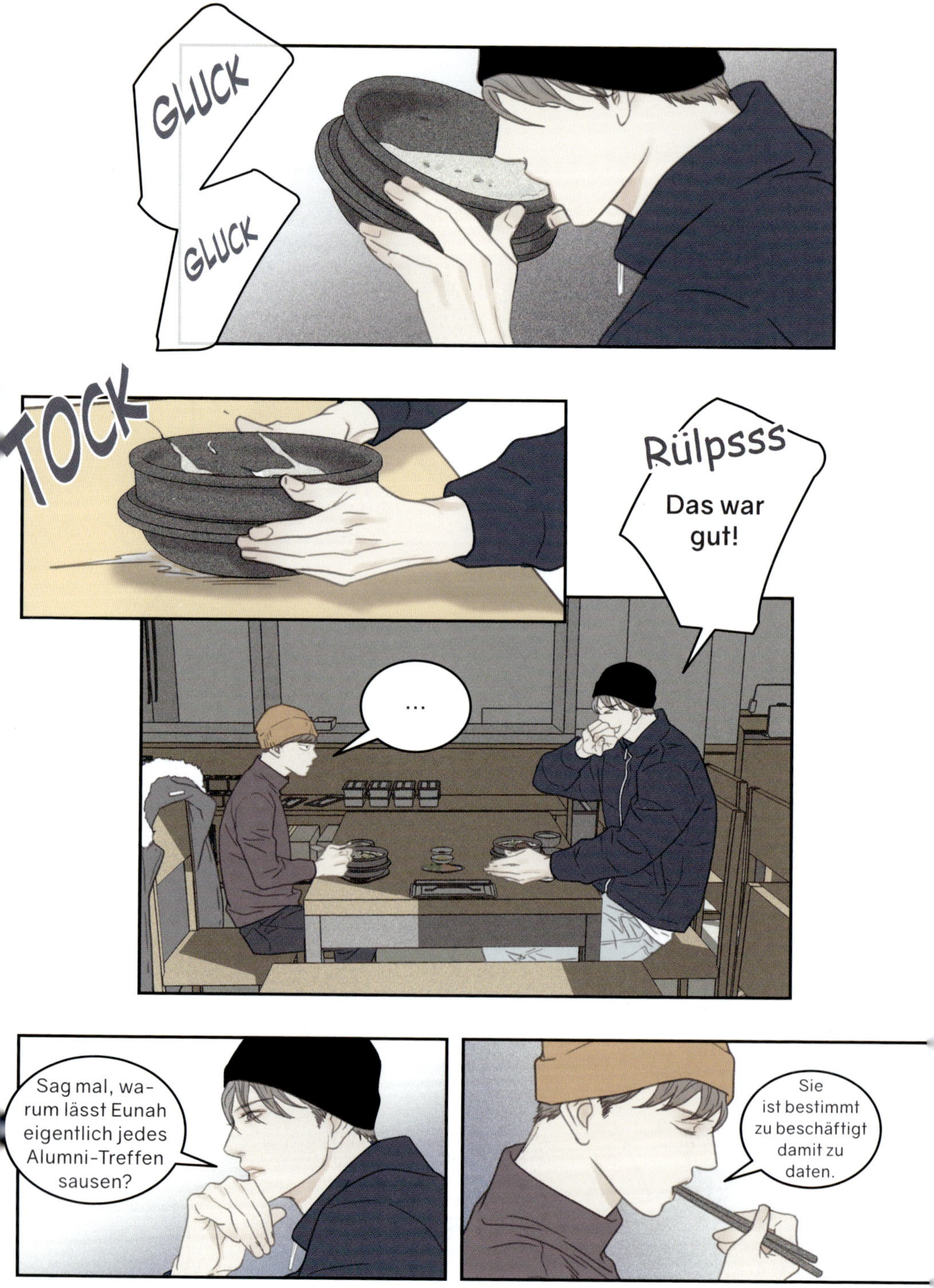
GLUCK
GLUCK
TOCK
Rülpsss
Das war gut!
...
Sag mal, warum lässt Eunah eigentlich jedes Alumni-Treffen sausen?
Sie ist bestimmt zu beschäftigt damit zu daten.

Eunah datet?
Woher soll ich das wissen?
Aber du hast doch gerade gesagt, dass sie es tut?
Ich meinte nur, dass es ihre Abwesenheit erklären würde.
Hm... ob sie wohl wirklich auf Dates geht?
...

Personal
Die Schicht beginnt um 8 Uhr morgens und endet um 22 Uhr.
Es kann jedoch auch mal vorkommen, dass bis Mitternacht gearbeitet wer-den muss.

Das sind unser Küchenchef Noah Jang und der Sous-chef Changsoo Park.
VERBEUG
Zurzeit fehlt uns eine Arbeitskraft in der Küche. Obwohl wir dich hauptsächlich als Kellner eingestellt haben...
... kann es sein, dass du gelegentlich in der Küche aushelfen musst.
Weißt du, warum ich dich eingestellt habe?
One
OPEN 10:30
CLOSE 21:30
BREAK TIME 15:00~17:00
CLOSED ON MONDAYS
Nein...?

Wegen deines akademischen Hintergrunds.
Genauer gesagt wegen deines abgebrochenen Medizinstudiums.
Ein Kellner muss sich an mehr erinnern, als man glauben mag.
Er muss dem Gast eine präzise Zusammenfassung aller Gerichte geben können.
Welche Zutaten werden wie zubereitet und so weiter.
Aber die wichtigste Tätigkeit in einem Restaurant wie unserem ist der Weinverkauf.
Oft rettet der Wein allein die monatlichen Einnahmen.
Du musst die Kunst meistern, den richtigen Wein zu empfehlen...
... basierend auf dem geschätzten Einkommen des Gastes.

* internationale gastronomische Gesellschaft, die die Haute Cuisine fördert

Du überprüfst die Tischsituation aus angemessener Entfernung.

Möchtest du dich mal an die Bedienung wagen?
Gerne.
Hier ist ein Appetizer für Sie.

Was denken Sie?
Mach ein paar Fotos, während er bedient, und poste sie auf Instagram.
Sein hüb-sches Gesicht wird uns bestimmt einige Gäste be-scheren.
백선우

TOCK

Das ist die Geschäfts-führerin des Restaurants...
... und auch die Eigentü-merin.
Yoojung hat früher in einer Host Bar gearbeitet.
Aber die Eigentümerin hat Gefallen an ihm gefunden und dadurch konnte er sich hoch-arbeiten.
Man könnte sagen, er ist die männliche Version von Aschenputtel.

I'll Be Here For You

TSCHACK
So früh schon da, Chef?
Das Gleiche könnte ich zu dir sagen, Sunwoo.
Ich muss mich noch um etwas küm-mern.
Klappt alles so weit mit dem Kell-nern?
Ich bin oft noch ziemlich verloren.
Aber ich mache einfach, was man mir sagt.
Und genau das ist das Wichtigste.

* scharfe Reiskuchen

Weißt du, dass es heute eine Willkommensfeier für dich gibt?
Davon habe ich schon gehört.
Kann es sein, dass wir uns schon mal begegnet sind?

Was?
Was denke ich mir bloß?

Vergiss bitte, was ich gerade gesagt habe.
Okay...
Wünsche ich mir, dass sich Yoojung an mich erinnert?
Oder hoffe ich, dass er es nicht tut...?
Falls ihm einfällt, wer ich bin...
... werde ich wahrschein-lich sofort ge-feuert.

Bin ich eigentlich verrückt...?
Das klang ja wie ein Anmach-spruch...
Aber er kommt mir so bekannt vor.
Und es ist nicht wegen des Vorfalls auf dem Parkplatz.
Es kommt mir so vor, als ob ich ihn schon lange kennen würde...

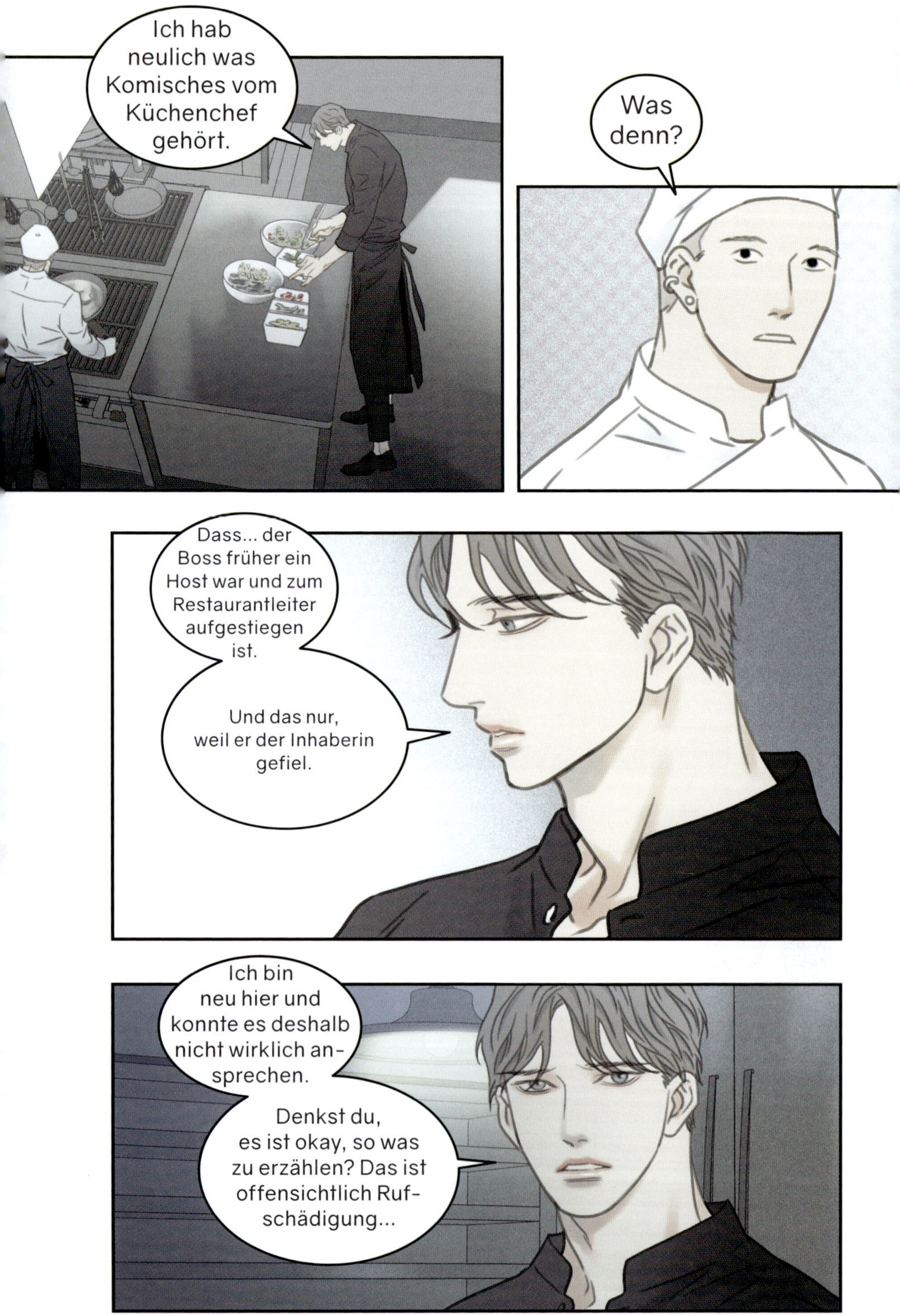
Ich hab neulich was Komisches vom Küchenchef gehört.
Was denn?
Dass... der Boss früher ein Host war und zum Restaurantleiter aufgestiegen ist.
Und das nur, weil er der Inhaberin gefiel.
Ich bin neu hier und konnte es deshalb nicht wirklich an-sprechen.
Denkst du, es ist okay, so was zu erzählen? Das ist offensichtlich Ruf-schädigung...

Das stimmt natürlich, aber... ... es ist nicht einfach nur ein Gerücht.
Nicht nur ein Ge-rücht...?
Alle hier wissen darüber Be-scheid.
...
Yoojung...
Was für ein Leben hast du bis jetzt geführt...?

Nein, ich habe kein Recht, darüber zu urteilen.
Wer weiß, was er gemacht hat, nachdem er die Schule verließ.
Vielleicht hatte er keine andere Wahl.
Ich kann es schon nachvollziehen...
... aber...

Viel Spaß noch euch allen und kommt später gut nach Hause!
Wir sehen uns am Diens-tag.
Was gibt es?
Es wäre schade, wenn du schon gehst.
Lass mich dir wenigstens noch einen Drink ausgeben, bevor du uns verlässt.
Ich muss noch Auto fahren.
Bestell doch ein-fach einen Fahrer.

Über-
nimmst du
die Kosten
dafür?
Ja,
mache
ich.
PFFF

Vielen Dank.
Ich kümmere mich ab hier allein um ihn.

Puh...
... ver-
misst...
Was
sagst
du?
... habe
dich so ver-
misst...
Ich wollte
dich so gerne
suchen...
Aber...
Ich hatte
solche Angst.
Ich konnte
es einfach
nicht...

I'll Be Here
For You

I'll Be Here
For You

Ein Hotel...?
Wieso bin ich in einem Hotel?!

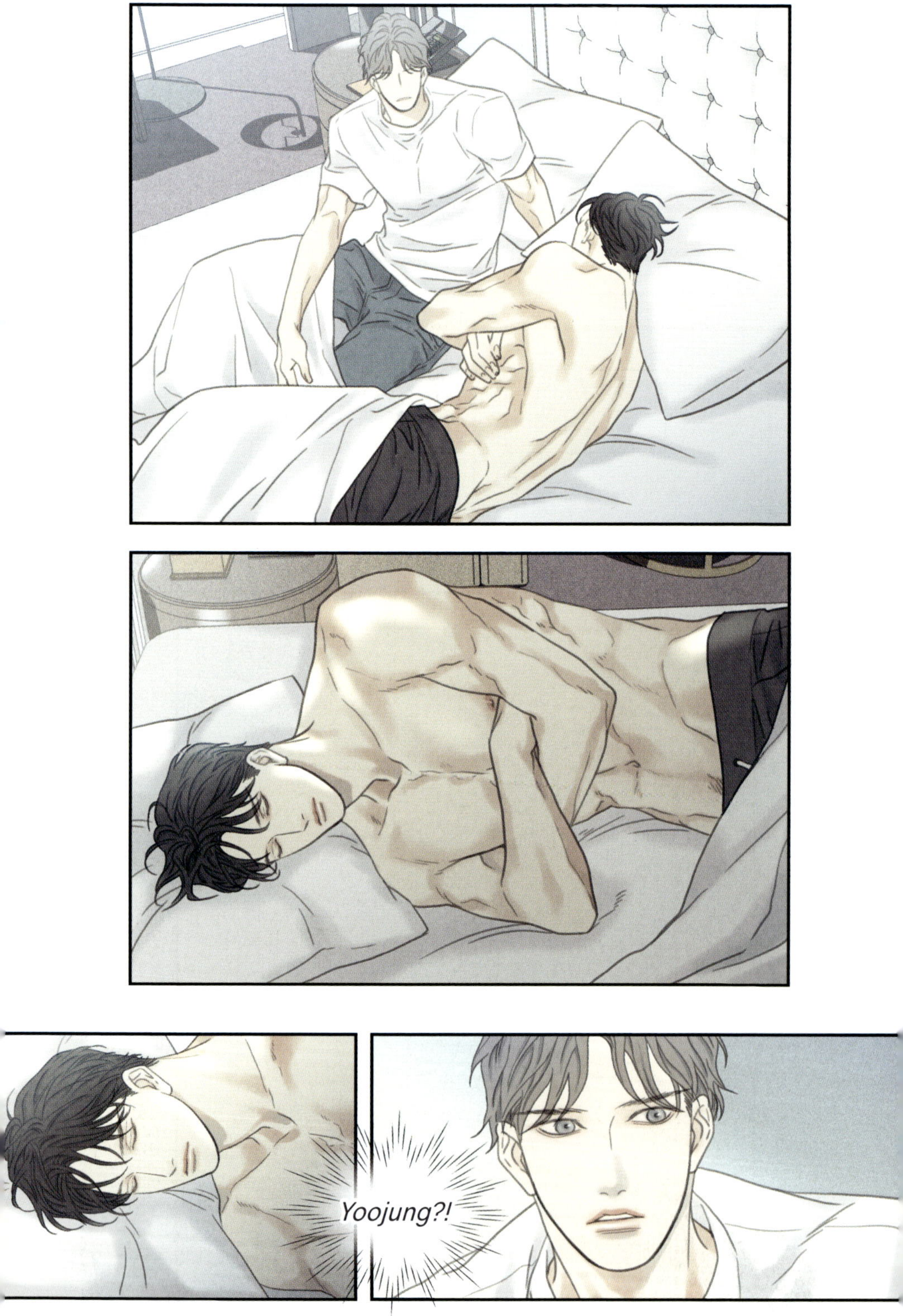
Yoojung?!

HUSCH

SRR
RT

SHH
HH

SHH
HH
SHHHH
SHH
HH

Oh...
Entschul-
dige.
SHHHH
QUIETSCH

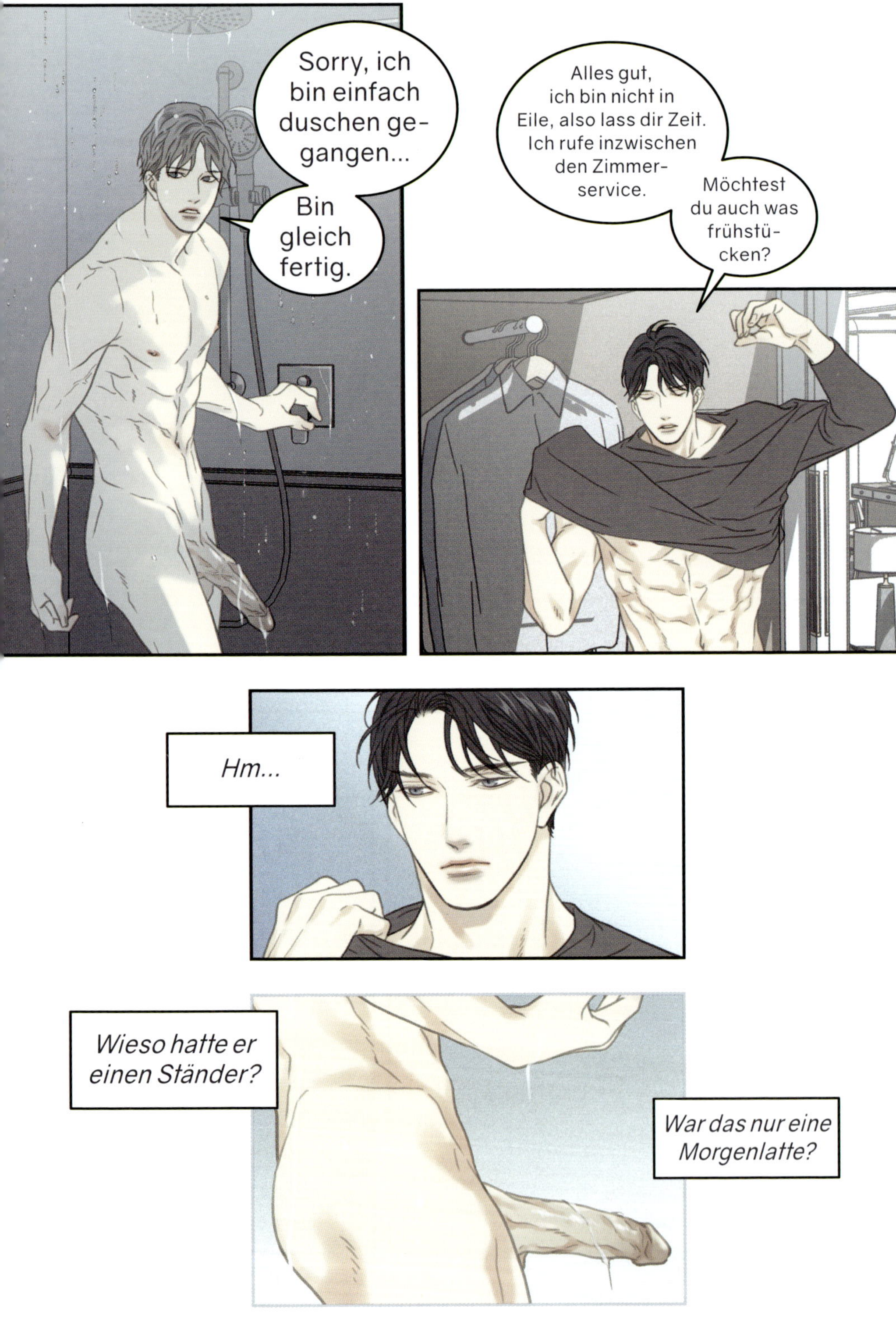
Sorry, ich bin einfach duschen gegangen...
Bin gleich fertig.
Alles gut, ich bin nicht in Eile, also lass dir Zeit. Ich rufe inzwischen den Zimmerservice.
Möchtest du auch was frühstücken?
Hm...
Wieso hatte er einen Ständer?
War das nur eine Morgenlatte?

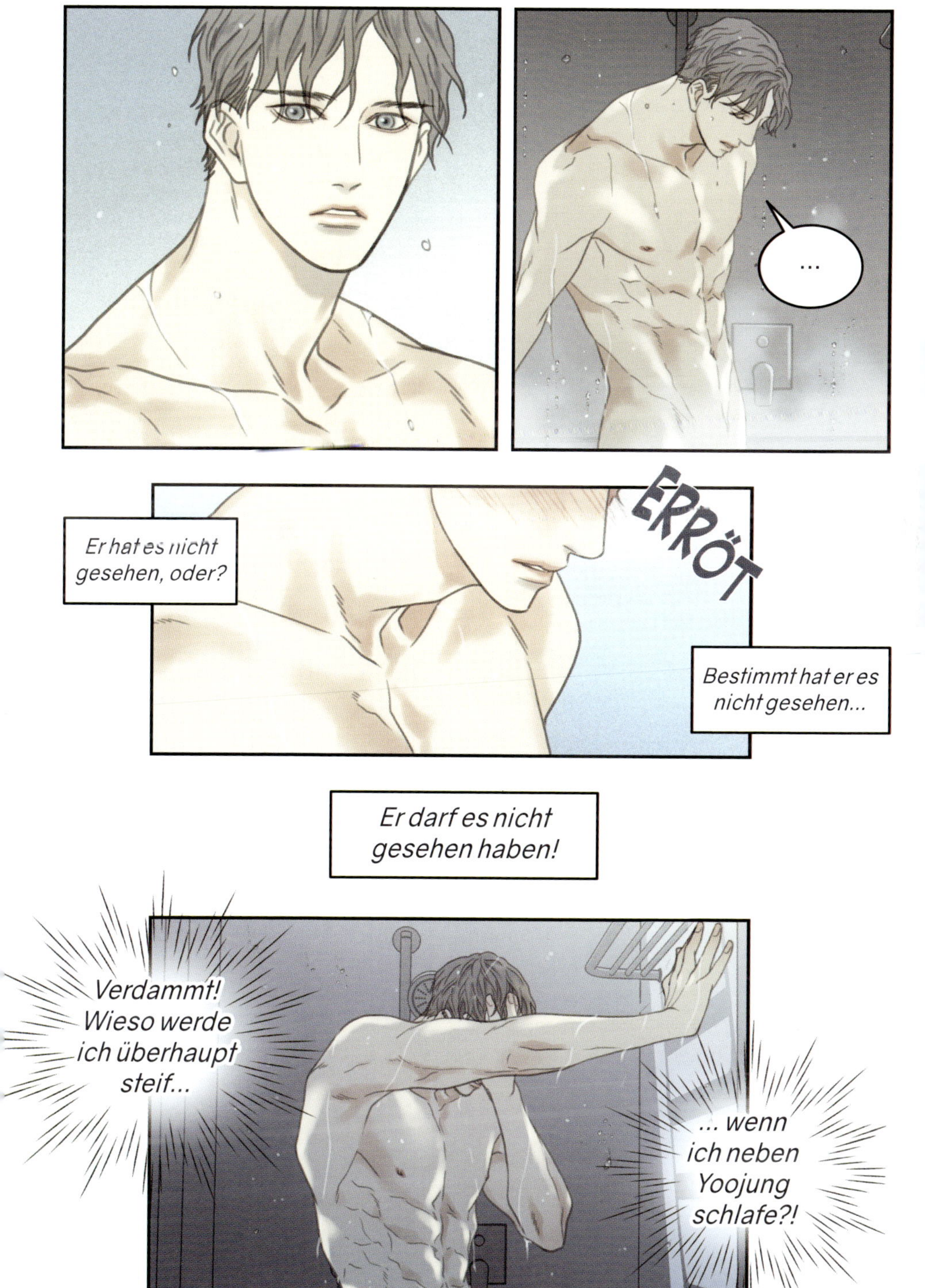

...
Er hat es nicht gesehen, oder?
ERRÖT
Bestimmt hat er es nicht gesehen...
Er darf es nicht gesehen haben!
Verdammt! Wieso werde ich überhaupt steif...
... wenn ich neben Yoojung schlafe?!

SHH
HH
...
SHHH
Er bleibt hart...
Verdammt...
SHHH
SSSST

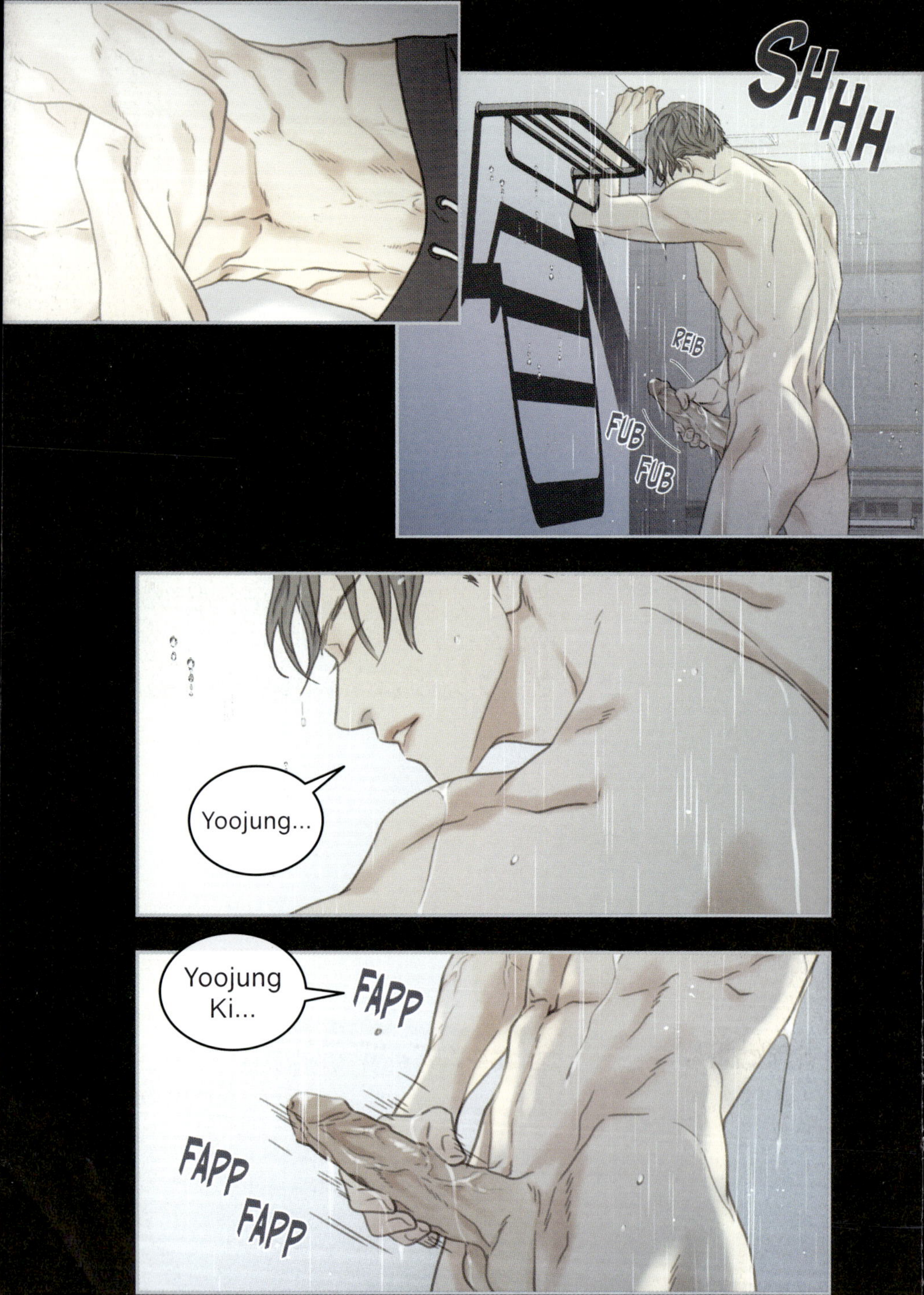
SHHH
REIB
FUB
FUB
Yoojung...
Yoojung Ki...
FAPP
FAPP
FAPP

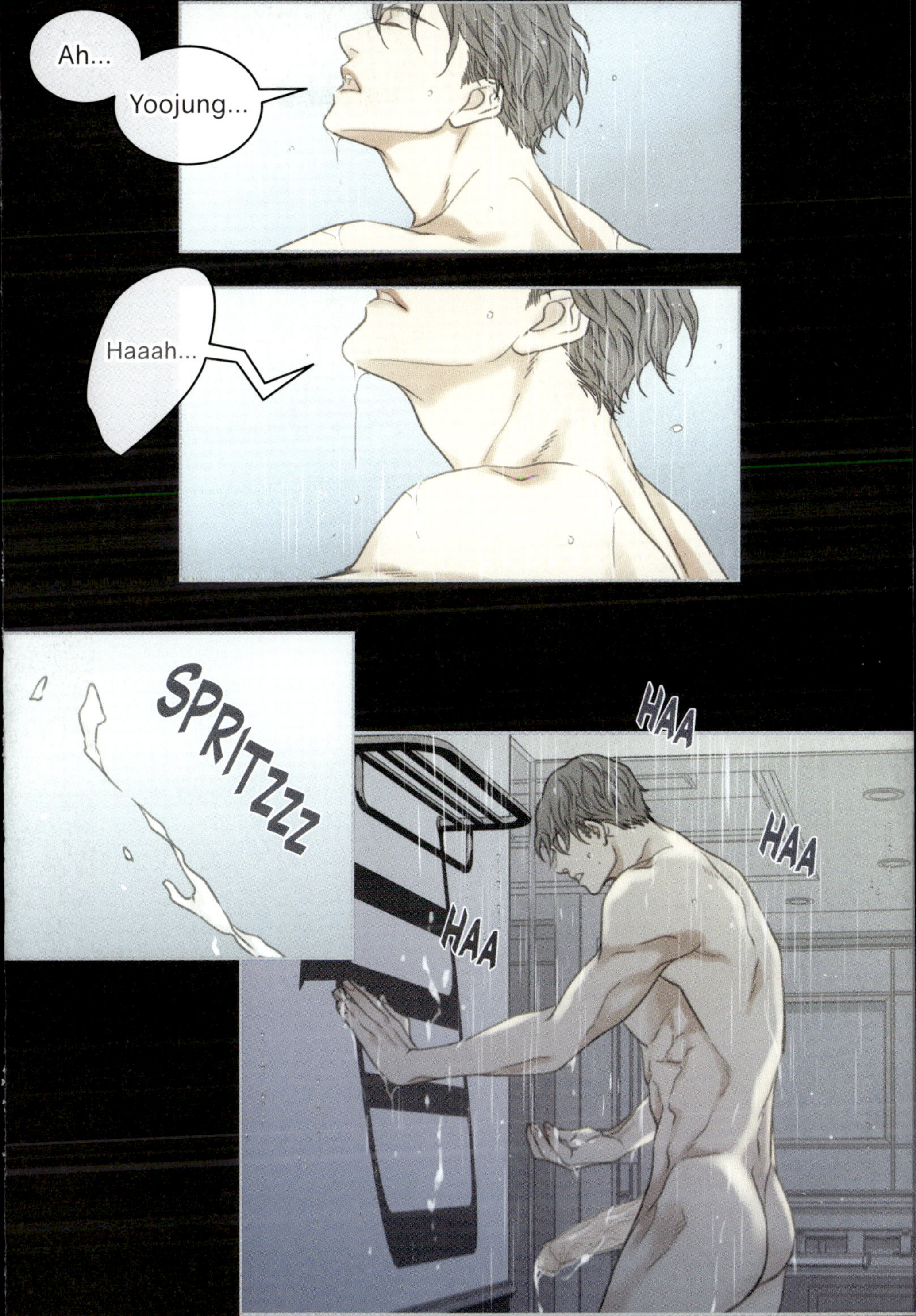

Ah...
Yoojung...
Haaah...
SPRITZZZ
HAA
HAA
HAA

...
Ugh!
SHHH
SRRRT
SHHH
SHH
HH
SHH
HH

Es ist nichts passiert.
Es ist nichts passiert.
Es ist nichts...
Ach, vergiss es.
Ich tue einfach so, als sei nichts passiert.
...
ZUSAMMENSACK
peinlich berührt

Danke für das Früh-stück.
...

Aber sag mal... bist du nur meinetwegen hierherge- kommen?
Nein, ich wohne hier im Hotel.
Was? Warum?
Aus steuerlichen Gründen.

Du lebst also...
... allein?
TOCK

Wieso bist du so neugierig?

Entschul-dige.

RRRING
Seryeong
Eingehender Anruf
Hallo, Seryeong.
Heute Abend...?
Gut, dann komme ich gegen 21 Uhr vorbei.

PIEP
Hat sich deine Neu-gierde...
... nun gelegt?

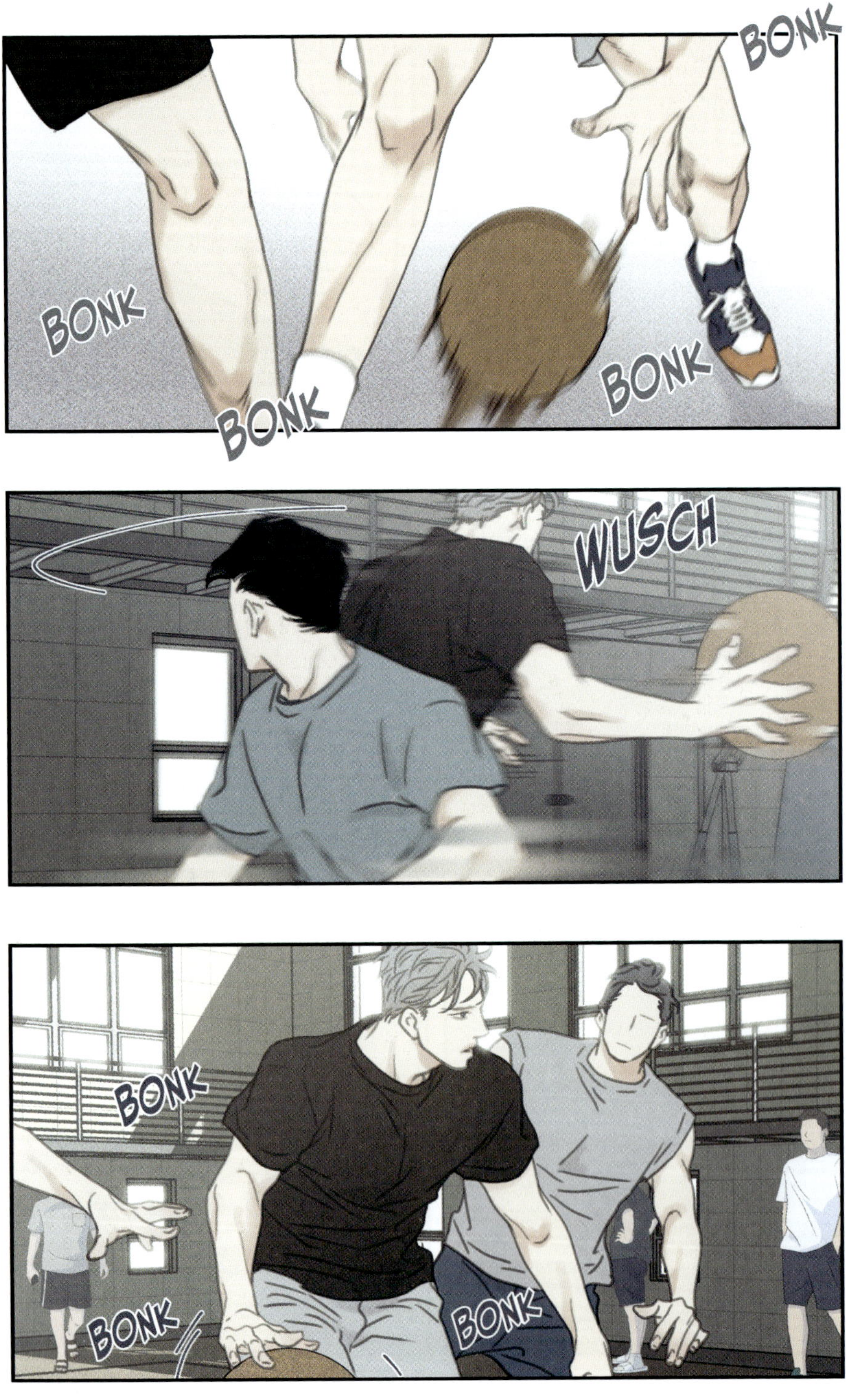
BONK
BONK
BONK
BONK
WUSCH
BONK
BONK
BONK

WUPP
WUMMMMM

Ey, das ist unfair!
Du bist der Einzige hier, der über 1,80 ist!
Dunken ist nicht erlaubt!

Es reicht doch, wenn du den Ball aus der Nähe in den Korb wirfst.
Das ist nicht besonders elegant.
Wieso nicht?
Das kann richtig cool aussehen!
Wer sieht denn dabei cool aus...?
Jemand, den ich kenne.

Gut, dann komme ich gegen 21 Uhr vorbei.
Datest du sie?
Yoojung...
Wieso bist du wieder in meinem Leben aufgetaucht? Du machst es mir unmöglich, meine Gefühle für dich zu vergessen.

Hier, ich hab Mittag-essen mitge-bracht.
Kleiner.
Ja?
Morgen um 7 kommt eine Lieferung. Bitte nimm du sie an.
Geht klar.
...

Würdet ihr bitte Essen, das stark riecht, woanders zu euch nehmen?
Entschuldigen Sie bitte.
Ich werde mich sofort um den Geruch kümmern, wenn wir aufgegessen haben.

Es riecht doch gar nicht so schlimm.

Möchten Sie vielleicht...
... mit uns zusammen essen?
Nein, danke.

Mögen Sie kein Tteok-bokki?
Zu meinen Lieblingsge-richten zählt es nicht.
Im Gymnasium hatte ich einen Mitschüler, der war verrückt danach und redete ständig darüber.
Dank ihm wird mir immer, wenn ich an Tteokbokki denke...

...
... schlecht.
Oh...

I'll Be Here For You

FLATTER
RASCHEL
FLATTER

...woo.
Hey, Sun-woo!
Huh...
... was?
Stehst du auf Yoo-jung?
Wie?

Ist es so offensicht-lich?
Ziemlich.
Du starrst ihn bei jeder Gelegenheit an.
Ugh! Wirk lich?!
Was mach ich bloß? Denkst du, Yoojung hat es auch bemerkt?
Das weiß ich nicht.
Aber Yoojung ist ein Träumer und achtet wenig auf seine Umge-bung.
Seit wann magst du ihn?

Keine Ahnung.
Als es mir aufgefallen ist, habe ich ihn schon ange-starrt.
Und was gefällt dir an ihm?
Vom ersten Moment an...
... konnte ich meinen Blick nicht von ihm abwenden.
Ist es wegen seines Ausse-hens?
Es ist, weil er so traurig wirkt...
Stimmt, er wirkt oft depressiv.
Als ob die gesamte Last der Welt auf seinen Schultern läge. Es zieht mich runter, wenn ich ihn so sehe.
Es ist...
... als ob er sich jeden Moment in Luft auflösen würde.

Das ist bestimmt der Grund...
... warum ich meinen Blick nicht von ihm abwenden kann. Aus Angst, er könnte sonst verschwinden.
...
Oh Mann...
Die armen Mädels, die in dich verknallt sind.
Worüber redet ihr? Ich will mithören!
...
Nichts Besonderes.
Was gibt es heute in der Mensa?
Ahhh! Was habt ihr für Geheimnisse?!

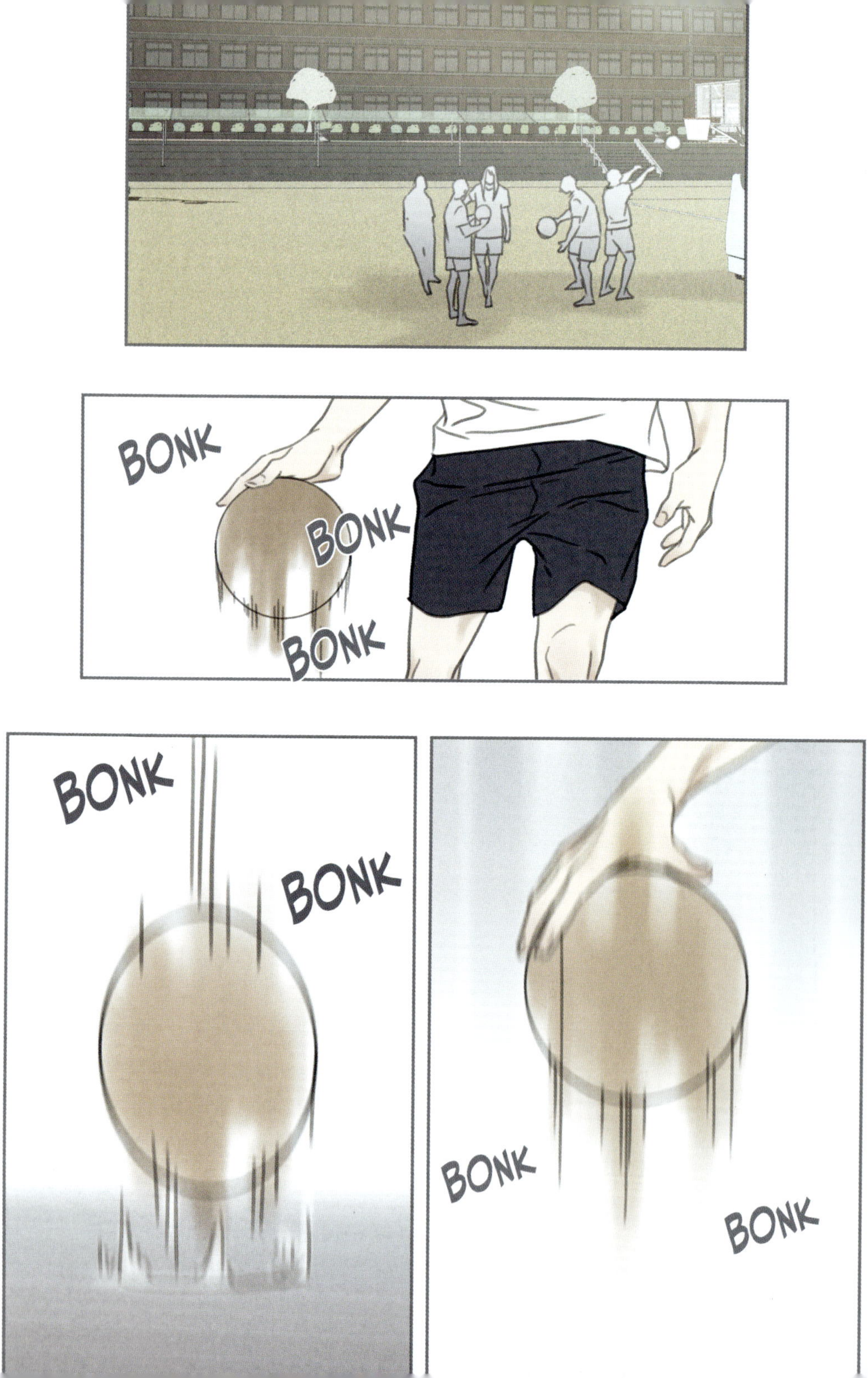
BONK
BONK
BONK
BONK
BONK
BONK
BONK

WUPP

SHHH
Dein Sprung vorhin... ... war richtig gut und sauber ausgeführt.
RAUSCH
...

Du weißt schon. Die Übung, die du gerade beim Sporttest ge- macht hast.
Meine Noten in Sport sind richtig grottig. Kannst du mir nicht ein bisschen Nachhilfe geben?
Hier in der Nähe gibt es einen Laden, der macht echt leckere Tteokbokki.
Wie wär's? Ich lade dich ein.

NICK
Weißt du schon, auf welche Univer-sität du möch-test?
Ich werde nicht zur Uni gehen.
Nicht?

Also willst du stattdessen eine Ausbildung machen?
Das klingt auch gut. Ein Uniabschluss garantiert eh keinen Job mehr.
Es wäre schön, wenn ich eine Ausbil-dung machen könnte.
...

Hey, Sunwoo!
Du bist auch hergekommen, um Tteokbokki zu essen?
Oh?

Dongkyu, ich möchte lieber Chicken Wings essen gehen.
Häh? Eben warst du noch versessen auf Street Food.
Ja, und? Jetzt möchte ich eben Chicken Wings essen!
Was stimmt nicht mit dir?
Hm?
Was verheimlichst du?
Ich weiß nicht, was du meinst.

Willst du mich auf den Arm neh-men?!
Seit wann verstehen sich Sunwoo und Yoojung so gut?!
Ähm...
Seit Kurzem...?
Du wusstest davon?
Jo...
Ich kann es nicht fassen.
Sunwoo und Yoojung sind befreun-det? Das ergibt keinen Sinn!
PIZZA
STEAK

Du hast schon zu Abend gegessen?
Möchtest du einen Verdauungs-spaziergang mit mir machen?
Klar.

Oh?
Mama, geh doch schon mal vor.
Ich möchte noch eben mit jemandem aus meiner Klasse sprechen.
Ach so?
Komm nicht zu spät nach Hause!
Alles klar.

Er ist ganz schön schnell.
Ich kann ihn kaum einholen.
KEUCH
KEUCH
PATT

Mann!
HAH
Du bist echt sport-lich.
HAH
HAH
HAH
Huch?

Was gibt´s?
WISCH
Du hast mich ganz schön er-schreckt.
...
War das nur Schweiß?

Gehst du täglich joggen?
Nein, nicht je-den Tag.
...
Stimmt was nicht?
Was meinst du?
Ich habe mich nur gefragt, ob du vielleicht etwas auf dem Herzen hast.
...

* dicke Weizenmehlnudeln

** jap. Nudelsuppe

* Eine Einladung nach Hause wird auch als Anspielung für Geschlechtsverkehr verstanden.

Damit hätte ich kein Problem.
Aber du siehst nicht so aus...
... als würdest du dich überall hinsetzen.
Haha, mach dir keine Sorgen.
Ich fühl mich überall wohl.
Mir ist es ein Rätsel, wieso du Zeit mit mir verbringen willst.

* südkoreanische Währung; 1 € entspricht aktuell ca. 1450 ₩

Ich sagte doch...
... dass es mir nichts ausmacht.
Überleg dir gut...
... ob du mit mir Zeit verbringen möchtest.
Denn in deiner Gegenwart fühle ich mich... so schäbig.
Weil du mich daran erinnerst, wie erbärmlich mein Leben ist.

Mama, möchtest du spazieren gehen?
Vielleicht geht er nicht jeden Tag laufen.
Und vielleicht verpassen wir uns auch zeitlich.
Ich möchte ihn nur noch einmal zufällig treffen...

Warst du gestern joggen?
Nein.
Warum?
Ich frag nur.
Wenn du regelmäßig trainierst, könnten wir das auch zusammen machen.
Ich habe keine feste Routine.
Ach so. Haha...

Hey, Sunwoo!
Seit wann bist du mit Yoojung befreundet?
Und warum verheimlichst du es vor mir?
Wir sind nicht wirklich befreundet...
... aber ich wünschte, es wäre so.
Was findest du bloß an diesem Kerl?

MURR
GRAP
Ist mein Dongkyu etwa eifersüchtig?
Was tust du da? Hör auf, du Idiot!
Ich be-komm keine Luft! Lass los, habe ich gesagt!
Ach, du magst das doch. Stell dich nicht so an.
Davon träumst du! Lass los!

BONK
BONK
BONK
BONK
BONK
Sunwoo,
nimm
an!
BONK
BONK
BONK
BONK
WUSCH
Ah!

BONK
BONK
FAPP
SWOSCH
Wie bitte...?
Er soll schlecht in Sport sein?

WUSCHEL

Yoojung!

Du bist aber gut im Basketball.
Hm?

Ich glaube nicht, dass du was von mir lernen kannst.
Oh...
Ähm...
Ich bin dank deiner Hilfe besser geworden.
Hah!

Belas-
sen wir es
dabei.
Scheiße
...

I'll Be Here For You

VRROMM
BRUMMM
Abbruch des Medizinstudiums...

HUSCH
REKTOR

Yoo-
jung!
Hey,
Yoo-
jung!

Wie würde dein Leben aussehen, hättest du dein Studium abgeschlossen?
Jetzt schlägst du dich mit einem Minijob bei mir herum...
WAMM
Ver-fluch!
Früher wie heute fühlt man sich in deiner Anwesenheit beschissen, Sunwoo Baek!

Was ist denn plötzlich los?
Entschul-dige.
Ist etwas im Restaurant vorgefallen?
Über den Umsatz musst du dir nicht allzu viele Sorgen machen.
Das ist es nicht.
...
Wie macht sich der Neue so?
...

Ist er nicht gut?
Doch, doch.
Du scheinst ihn nicht sehr zu mögen.
Du kannst ihn einfach feuern und jemand anderen einstellen.
Bei dem ho-hen Stundenlohn wirst du bestimmt schnell Ersatz finden.
Stimmt.

OPEN 10:30
CLOSE 21:30
BREAK TIME 15:00~17:00
CLOSED ON MONDAYS
Da sich Yoojung jetzt erinnert, könnte ich jederzeit gefeuert werden.
Andererseits...
... hat er noch nichts dazu gesagt.

Warte.
Du trägst das falsche Gericht raus.
Hast du die Speisenfolge vergessen?

Entschul-
digen Sie.
Damit kann ich nicht ko-chen!
Es stinkt!
Was ist los?
Es gibt ein Problem mit den Zu-taten.
Hast du bei der Anlieferung die Qualität nicht überprüft?
Kleiner, du hast die Ware heute angenom-men, oder?
Du hättest sie direkt prüfen müssen.

Kleiner.
Morgen um 7 kommt eine Lieferung. Bitte nimm du sie an.
Geht klar.
Mir hat keiner gesagt, dass ich auf irgendwas achten muss...
Verzeihung...
Ich wusste nicht, dass ich das hätte tun sollen.
Muss man dir wirklich jede Kleinigkeit beibringen? Hm?!
Ist das denn nicht sonnen-klar?!
Es tut mir leid.

Sunwoo...
... weißt du, welche Menschen ich am wenigsten mag?
Törichte Menschen.
Aber weißt du, welche Menschen ich noch mehr hasse?
Die, die ihren Job nicht ordentlich machen.
Und du...
... du gehörst zu beiden Kate-gorien.

Wegen eines Problems mit den Zutaten haben wir Ihnen etwas anderes zubereitet.
Als Entschuldigung für die Unannehmlichkeiten geht heute alles aufs Haus.
Es wird nicht noch einmal vorkommen.
Oh, wie schade. Ich wollte es heute extra zu meinem Geburtstag essen...

Es tut uns wirklich von ganzem Herzen leid.
Wie wäre es mit einer Flasche Chardonnay zur Wiedergutma-chung?
Oh! Sehr gerne!
Ich bringe sie gleich zu Ihnen.
Chef, ich übernehme die volle Verant-wortung...
... für die heutigen Verluste.
Klingt so, als ob du eini-ges an Geld hättest.

Ach ja...
... stimmt ja, deine Familie ist ja **reich**.
Das stimmt nicht.
Ich habe nicht viel Geld.
Es ist mir nur wichtig, dass hier kein Schaden entsteht.
Was ist passiert? Du hattest doch immer ein gutes Leben, oder?
Ist deine Familie bankrottgegangen?

Chef...
... nur weil ich dich mag...
... heißt das nicht, dass du mich so behan-deln kannst.
Was...?!

Habe ich mir damit...
... ein Eigentor geschossen?

Bist du etwa schwul, Sunwoo?
Kannst du aufhören, mich so anzu-starren?
Es ekelt mich an.

Dongkyu...
... ich werde wahrscheinlich wieder bald gefeuert.
Wieso?
Hattest du wieder einen schwierigen Kunden?
Scheint so, als würdest du Idioten magisch anziehen.
Nichts dergleichen...
Ich war diesmal der Idiot.

Wenn du einer bist... ... dann sind wir alle Idioten.
Es ist wahr...
... ich habe mich beschissen benommen.
Yoojung Ki gegenüber.
KLAMMER
Hey! Wieso erwähnst du diesen Bastard?!
...
Ist Yoojung immer noch »der, dessen Name nicht genannt werden darf«?

Ja, ist er.
Ach, Dongkyu...
Lassen wir es gut sein.
Ich lege auf.
TUUT
Haah...

Nur weil ich dich mag...
... heißt das nicht, dass du mich so behandeln kannst.
Wegen Sunwoo fühle ich mich so...
... unwohl.

Du kannst ihn einfach feuern und jemand anderen ein- stellen.
Eigent- lich...
WISCH
... sollte eine erfahrene Person die Waren prüfen.
Aber der Küchenchef wollte lieber ausschlafen und hat es einfach auf dich abge- wälzt.
SSH

Unser Chef weiß das auch.
Aber weil der Küchenchef wichtig ist und schlecht auf Kritik reagiert, hast du alles abbekommen.
So ist halt die Welt, Kleiner.
Selbst wenn du Schlimmes erlebst, kommst du nur darüber hinweg, indem du es erträgst.
SHH
SHH
Ich weiß...
Wer ist gemeiner - der Küchenchef oder der Chef?
Hmm...
Der Küchenchef?

Echt? War der Chef nicht fieser?
SHH
SHH
KLACKER
KLACK
Ich kann dem Chef nicht böse sein.
Was soll das nun wieder hei-ßen?
So ist es ein-fach.
Sunwoo, wir müssen reden.
SHH
...

Werde...
... ich nun gefeuert?
Bitte?
Hast du mich nicht hergerufen, um mich zu entlassen?

...
Ich trenne gewöhnlich Arbeit und Privates.
Weshalb sind wir dann hier...?
Ähem.
Also...
... wann hast du dein Medizinstudium abgebrochen?
...
Im achten Semester.
...
Hat er den Verstand verloren?

Du denkst, ich hätte den Verstand verloren, nicht wahr?
KNIRSCH
Das ist schon okay, alle denken das.
Und weshalb arbeitest du hier?
Ich wurde zu Hause rausgeworfen.

Das hast du verdient.
Was hast du ohne Abschluss vor?
Willst du etwa berühmt werden?
Wie bitte? Berühmt werden? Ich?
Du hast mehr Humor als ich dachte, haha.
Nein, ich dachte nur... ... wegen deines Aussehens.
Mein Aussehen?

Bitte...
... so gut sehe ich nun wirklich nicht aus.
Also, was willst du später mal erreichen?
Ich möchte ein Charakter-Designer werden.
Was ist das denn?
Spielst du Video-spiele?
Nein.

Ah, dann... ... möchtest du dann mal welche mit mir auspro-bieren?
Ich weiß nicht, wie man spielt.
Das bringe ich dir schon bei.
Okay, wenn du meinst.
Wirk-lich?!
Wann?
Wie wäre es an diesem Wochen-ende?
Wir können uns um 14 Uhr am...

Sunwoo.
Hm?
Ja?
Ich habe nur zugestimmt, um höflich zu sein.
Hast du kein Gefühl für so was?
Oh...
Verstehe...

ZUSAMMENSACK
TRÄN
Ist es nicht ein wenig zu offensichtlich, wie er seine Enttäuschung zeigt?
KRÜMM

Magst du Videospiele so sehr?
Nein...
... es sind nicht die Spiele...

Du kannst jetzt gehen. Unser Gespräch ist vorbei.

...
Okay.
VERBEUG
Was willst du nur von mir...
... Sunwoo?

I'll Be Here For You

Wir haben Basketball gespielt und sind jetzt was essen.
Möchtest du dazukommen, Dongkyu?
Für Basketball und andere Leute hast du Zeit...
... aber wenn ich dich frage, bist du immer beschäftigt.
Ich habe dir doch gesagt, du kannst mich jederzeit besuchen kommen.
Dann können wir den ganzen Tag im Bett verbringen.

Vergiss es!
Arsch!
Sunwoo.
Was ich mich schon länger frage...
&FRY
Ist es möglich... ... dass Dongkyu dein Liebhaber ist?
Was?

Ich bin in jemand anderen verliebt.
Nein, ist er nicht! Haha.
...
Du hast mich echt erschreckt.
Ist es eine einseitige Liebe?
NICK
An deinem Aussehen kann es nicht liegen, also warum seid ihr noch kein Paar?
Vielleicht, weil ich schon so lange einseitig verliebt bin.
Ich weiß ehrlich gesagt nicht recht, was ich empfinde.

Vielleicht habe ich diese Person auch ein-fach schon aus Gewohnheit im Kopf...
So was denke ich jedenfalls manchmal.
...
Hast du deine Gefühle offen kommu-niziert?
Ja, einmal habe ich es versucht.
Und was ist pas-siert?
Ich wurde ignoriert.

Dann probier es einfach noch mal.
Aber jetzt ist diese Person vergeben.
Das passt doch gut!
Dann gesteh deine Gefühle und hol dir einen Korb!
So kannst du dich besser von ihr lösen!
Aber wir arbeiten zusammen.
Ihr arbeitet zusammen?

Dein Leben ist ganz schön anstren-gend.
Haha...
Dongkyu! Hier sind wir!
Übst du noch zu zeichnen?
Nein. Ich habe keine Zeit.
An freien Tagen spiele ich Basketball und Videospiele und schlafe.

Warum das auf einmal?
Was ist aus »Wenn ich ein stabiles Einkommen habe, kann ich mich aufs Zeichnen konzentrieren« geworden?
Ich habe keine andere Wahl.
Mein Zeichen-Tablet und den Computer muss ich zusätzlich zur Miete monatlich abbezahlen. Dafür muss ich erst Geld verdienen.
Anderes Thema!
Kannst du mich bitte nicht immer wie ein Kissen behandeln?!
Zu meiner Verteidigung muss ich sagen, du hast einfach die perfekte Größe dafür.
Du Arsch!
Hehe.

Ein Tisch für eine Person?
Folgen Sie mir bitte.
Du hier?
Zum Glück bin ich richtig.
Ich dachte schon, ich finde das Restaurant nicht.
Was beschert mir die Ehre?
Oder bist du extra für das Essen gekommen?
Ich bin neugierig, in wen du verknallt bist.

Aber...
... hier gibt es nur männliche Angestellte...?
Ähm... diese Person...
... hat heute leider frei.
Wirklich? Tss...
Egal, da kann man nichts machen.
Lass uns was trinken gehen, wenn du Feierabend hast. Du hast ja morgen frei, richtig?
Wer ist das?
Ähm... ... ich glaube, das ist ein Bekannter von Sunwoo.

PFFF
Du rauchst?
Manch-mal.
Wann hast du damit an-gefangen?
SST
...
An meinem letz-ten Arbeits-platz.

HUST
HUST
Ein Teil von Yoojungs Vergangenheit,
von dem ich nichts weiß...

Bitte rauche nicht so viel.
LÄCHEL
Na, wenn du das so sagst, dann...
?
Ach, nichts.
Ich dachte, du bist noch mit deinem Bekannten verabredet? Wieso bist du noch hier?
Er ist schon mal vor-gegangen. Ich gehe gleich nach.
Dann lass uns aufbrechen. Ich wollte eh gerade gehen. Wenn du möch-test, nehme ich dich ein Stück mit.

Wie lange datest du schon die Gastwirtin?
Ungefähr drei Jahre.
Ich wollte...
... dich damals be- suchen.
...
Nachdem du beim Rektor rausgerannt bist.
Ich bin zu deiner Woh- nung gegangen und wollte dich besuchen. Aber es war niemand da.

Meine Mutter ist ohnmächtig geworden.
Deswegen war ich bei ihr im Kranken-haus.
Ja... ... davon habe ich später erfahren.
Dass deine Mutter verstarb und... ... du nach Incheon zu deinem Onkel gezogen bist.

...
Ich habe mich oft gefragt...
... wie du seitdem ge- lebt hast.
Ich wollte auch nach dir suchen...
... aber ich hatte zu viel Angst.
Angst, du könntest mich noch hassen.
Ich wollte dich so gerne suchen... Aber....
... ich hatte solche Angst. Ich konnte es einfach nicht...

In Wahrheit...
... habe ich dich damals vor meiner Wohnung gesehen.
Aber ich habe mich versteckt.

Weil ich aus irgendeinem Grund, als ich dich sah...
... in Tränen ausgebrochen bin.
Wieso bist du hier, du Idiot...?
Es war mir so peinlich.
Villa Teunghwa
Kleiderspende
So solltest du mich nicht sehen.

COFFEE
Da sind wir ja schon.
Ähm...
?
...
Kann ich vielleicht mitkommen?
Bitte?!

Vergiss es...
... ich habe das einfach nur so gesagt.
Nein, nein!
Lass uns zusammen was trinken!
ZÖGER
Hey!

Das ist mein Chef, Restaurantleiter Yoojung Ki.
Oh, ähm... Schön, dich kennenzu- lernen.
Lasst uns auch Dongkyu einladen, oder?

Nein, Dongkyu muss heute Überstunden machen.
Ach so? Okay...
Was macht er noch mal beruflich?
Er ist ein Program-mierer.
Cool! Dann frag ich ihn beim nächsten Mal, ob er meine Computerpro-bleme lösen kann.
Haha.

Ich bin neulich an einem richtig coolen Laden vorbeigegangen.
Lass uns demnächst mal zusammen dahin.
Wann denn?
Wie wäre es am kommenden Wochenende?
Da habe ich schon recht viel vor...
Du brauchst mehr Freunde!
Wie kann ich dein einziger Trinkkumpane sein?
Du als mein einziger Freund...
... bemitleidest mich und triffst dich ganz oft mit mir, okay?

Aber...
SCHNÜFF
SCHNÜFF
ATLANTIS
Was tue ich hier nur...?

Sie kennen ihn, richtig?
Er meinte, er wohne hier.
Ja.
Ich zeige Ihnen den Weg zu seinem Zimmer.

PLUMPS
Uff...

GRAP

Wohin gehst du?
Nach Hause...
... natür-lich.
Schlaf doch einfach hier.
Bitte?
Leg dich einfach dazu.
Du hast doch morgen auch frei.

...
Was soll das?
Wird das eine neue Art Folter?
RUTSCH
FLUPP

QUIETSCH

Eine schlafende Person zu küssen...
... ist sexuelle Nötigung.

ZIEH

SCHMATZ
SCHMATZ

HAA
HAH

HAAH
SCHMATZ
SCHLURP

HAA
HAA
Lass uns das später fort-führen...
... Seryeong.
DREH

Haha.
Das war zu erwarten...
QUIETSCH
KLACK

I'll Be Here
For You

SST
TAP
...
Von da unten kann er mich noch nicht mal sehen...
Wie idiotisch.

Sunwoo.
Ja?
HUCH
Was ist denn los?
Diese Augenringe...
Ähm, ich habe nicht so gut ge-schlafen...

Ähm...
Ich war betrunken, deshalb erinnere ich mich nicht mehr...
... aber das Personal sagte, dass du mich ins Hotel gebracht hast.
...
...
Ja...

Danke dafür.
KLACK
Du erinnerst dich nicht?
Ich kann an nichts anderes mehr denken und habe deshalb mies geschlafen.
Selbst so ein hübscher Kerl kann durch Schlafmangel also miserabel aussehen.
Hehehe.
Haha.

Er sieht trotzdem noch besser aus als du.
Ey, Chef!
...

Was ist?
KLACKER
FLÜSTER
FLÜSTER

Ja, stimmt irgendwie...
Ist alles zu Ihrer Zufriedenheit?
Ähm...
Es riecht fischig.
...

Wir müssen reden.
Ugh, hast du ge-raucht?
Ich hatte dir doch verboten, das während der Arbeit zu tun.
...

Außerdem hat sich Tisch 3 beschwert, das Essen rieche fischig.
Bereite es noch mal zu.
Was?
Soll das etwa meine Schuld sein?
Wessen denn sonst?
Sind die Gäste nicht einfach zu klein-kariert?
Der Koch sollte nach den Wünschen der Gäste kochen.
Denkst du, Kochen sei so ein-fach?

Wenn du bei der Arbeit rauchst...
... kann der Gestank auf das Essen übergehen.
Bring das zu Tisch 5.
Wird gemacht.
Hey, warte!

ZERR

ZACK

PATSCH

Ich sagte dir doch, du sollst die Teller von unten anfassen!
...
Kommt nicht wieder vor.
Noah Jang!

Nenn mich »Küchenchef«.
Wenn du »Küchenchef« genannt wer-den willst...
... dann benimm dich wie einer.

Personal
Hier, ein Kühlpack.
Nimm auch noch etwas Salbe und dann ruh dich aus.
Der Manager und ich kümmern uns um den Rest.
Es geht mir gut.
So wie du aussiehst, kannst du nicht bedienen.
Also gönn dir ein-fach etwas Ruhe.

...
Na gut...
Entschul-digung für den Ärger.
Wieso entschuldigst du dich?
Naja, ich habe die Teller falsch getragen, deshalb...
Nein, du hast alles richtig gemacht.
Der Küchenchef war gekränkt...

One
OPEN 10:30
CLOSE 21:30
BREAK TIME 15:00~17:00
매주 월요일 휴무
CLOSED ON MONDAYS
KLACK

Uh...
Kalter Schweiß?
Sunwoo, wach auf!
Du solltest ins Krankenhaus gehen!

RÜTTEL
Uh...
Yoojung.
ZUCK

Wohin bist du bloß gegangen?
Ich habe so lange nach dir gesucht...

...
PRESS
Komm zu dir, Sunwoo.

Du hast Fieber.
Geh nach Hause, das reicht für heute.
KLACK

Warte, dafür bin ich heute nicht in Stimmung.
Stimmt was nicht?
Ich denke, ich muss den Küchenchef feuern.

...
Dabei habe ich ihn von einem Restaurant in Frankreich abgeworben, das zwei Michelin-Sterne hat.
Außerdem hat er viele Follower auf Instagram.
Warum benimmt er sich dann so?
Er hat nicht ein neues Gericht entwickelt und scheint von Tag zu Tag fauler zu werden.
Entspann dich. Ich habe dir doch gesagt, es ist nebensächlich, wie das Restaurant läuft.
Es ist nicht das Wichtigste im Leben.
Der Kerl mochte mich von Anfang an nicht.

Weißt du, warum er dich nicht mag?
...
Da ich persönlich nach Frankreich gereist bin, um ihn abzuwerben...
... dachte er, zwischen uns könnte was laufen.
Aber dann kommt er nach Korea und erfährt von deiner Existenz.
Hahaha.
Bist du nicht eifersüchtig?
Doch, schon.

Dann mach nicht so ein Gesicht!
So macht das keinen Spaß.
Wenn du nicht in Stimmung bist...
... dann helfe ich eben ein bisschen nach.

Das ist mein Restaurant.
Es ist egal, wie ich es bekommen habe.
Jetzt ist es meins.

... soll es aufblühen.

Du bist aber früh.
Dann zieh dich mal in Ruhe um.
Hast du hier ge-schlafen?

Hatte er vielleicht Streit mit seiner Freundin?
Geht es dir wieder besser?
Hm... ja, schon...
Es ist mir peinlich, dass du mich so schwach erlebt hast.
Mit deinem geschwollenen Gesicht kannst du noch nicht arbeiten.

Aber ich kann trotzdem in der Küche helfen.
...
Sunwoo...
Mir tut leid, was ich zu dir gesagt habe, als es um die Warenannahme ging.
Es war die Schuld des Küchenchefs...
... und trotzdem hast du alles abbekommen.
Schon okay.
Ich verstehe warum.

...
KNICK

STREICH
Wenn wir hier so sitzen und reden...
... fühlt es sich an wie damals auf dem Gymnasium.

GRAP
Hör auf damit.

Ich weiß, dass ich das vielleicht...
... nicht machen oder sagen sollte, aber...
... ich liebe dich. Schon immer.
In keinem Moment habe ich aufgehört, dich zu lieben.

ZACK
Was tust du da?
Bist du schwul, Sunwoo?

Starr mich nicht so an.
Wenn du weiterhin so einen Dreck redest...
... dann mache ich Hackfleisch aus dir. Genauso wie damals mit deinem Freund.
Wer weiß...
Bin ich schwul...
... oder...

... bist einfach nur du was Besonderes für mich?
Woher soll ich das wissen?
Wenn du es wissen willst, dann küss einen anderen Mann.
Oder... ... hab doch direkt Sex mit einem. Dann weißt du gleich Bescheid.
Treib es einfach mit deinem Kumpel von neulich.

I'll Be Here For You

Ich hab zu Hause...
... leider gar nichts im Kühlschrank.
Wir brauchen nicht viel für Ramen.
Lass uns doch kurz einkaufen.
Gibt es einen Supermarkt hier in der Nähe?
...

Uhm...

Es ist so schönes Wetter... Holen wir uns doch was zum Mitneh-men...
... und es-sen im Park nebenan.
Huh?
Ja... wieso nicht.

GLUCK
GLUCK
Coca-Cola
Coca-Cola

Coca-Cola
Coca-Cola
Yoojung...

PRESS
Lass das.

Was?
Ich weiß nicht, was du da versuchst...
... aber lass es ein-fach.

TOCK
Lass uns kurz reden.
Oh...?
Okay...

Sunwoo, bist du schwul?
Bitte?
Ich frage dich, ob du auf Männer stehst.
...
Kannst du jedenfalls aufhören, mich so anzustar-ren?
Es widert mich an.

Hallo, Chef.
VERBEUG
QUIEE

Chef. Wann kommt endlich neues Küchenpersonal?
Bald fängt jemand für ein Praktikum an.
Ist es eine Frau?
Bitte lass es eine Frau sein!
Ich habe gehört, die Gastwirtin mag keine weiblichen Angestellten.
...

Wer erzählt so was?
Na, wer schon? Jeder hier weiß doch Bescheid.
Aber Changsoo, auch wenn es eine Frau ist, ändert das nichts.
Solange der Kleine hier ist, hast du nämlich keine Chance.
Schon gut.
Hey, hört auf damit!

Warum tust du so, als sei nichts passiert...?

Hey.
Was gibt's?
Ich habe einen Korb bekom-men.
Oh... Weinst du?
Nein.
Ich hatte mir eh keine Hoffnungen gemacht.
Ich wusste schon, wie es enden würde.
Es ist zwar schön, noch zusammen zu arbeiten, aber...

Es ist gleichzeitig traurig, nicht wahr?
Du armer liebeskranker Trottel.
Hey!
Wir trinken bald den Liebeskummer weg.
Abgemacht?

Das heißt...
Selbst unser Kumpel aus dem Club weiß Bescheid. Nur ich nicht, wie?
Sunwoo.
Was versuchst du zu verheimlichen?

Du bist heute sehr früh dran, Chef.
Zu vermieten
Genau wie du.
Huh?
SSOO
Sag bloß...
Ist das etwa Yoojung?!
Fortsetzung folgt...

BOYS LOVE

Darling, Give me a Break! *von Minta Suzumaru*

Der in Italien geborene Kokoro zieht in ein kleines Dorf in Japan und wird dank seiner liebevollen Art sofort von allen Dorfbewohnern ins Herz geschlossen. Da er aber absolut keine Ahnung vom Landleben hat, sucht er immer wieder die Hilfe des ruppig-impulsiven Haiji, der dem Tollpatsch keinen Wunsch abschlagen kann. Doch was wird Haiji sagen, wenn er herausfindet, weshalb Kokoro wirklich nach Japan gezogen ist…?

vorläufiges Cover

vorläufiges Cover

Renaissance *von Mitsuaki Asou*

Der Polizist Habaki und der Schriftseller En sind zusammen im Waisenhaus aufgewachsen. En kämpft mit anormaler Pheromonsekretion. Nicht nur sein Partner springt darauf an, sondern auch andere Alphas. Schlimmer noch: En ist immun gegen die üblichen Hitzeblocker.

And Until I Touch you *von Honoji Tokita*

Shuhei ist schon seit seiner Kindheit in seinen Freund Kaoru, den ruppigen Sohn eines hochrangigen Yakuza, verliebt. Er versucht seine Gefühle zu verheimlichen, doch eines Abends wird Shuhei von Kaoru beim Masturbieren erwischt und es ist ziemlich deutlich, an wen er dabei gedacht hat…

vorläufiges Cover

hayabusa_manga HayabusaTweets

BEI HAYABUSA

vorläufiges Cover

Daisy Jealousy *von Ogeretsu Tanaka*

Misaki ist schon seit seiner Kindheit leidenschaftlicher Gamer und will als 3D-Artist seinem Traum näherkommen, bei der Firma Gold Games zu arbeiten. Sein größter Rivale im Studium ist der unnahbare Kaname, von dem Misaki total fasziniert ist. Als kurz vor Abgabe eines Projekts Kanames Daten gelöscht werden, bietet Misaki ihm seine Hilfe an… und merkt, dass hinter der arroganten Fassade noch viel mehr steckt.

vorläufiges Cover

Caligula's Love *von Atami Michinoku*

Der Lehramtsreferent Naruse besucht leidenschaftlich gern den exklusiven SM-Club »Basement«. Das angesagte Etablissement sichert seinen Mitgliedern volle Anonymität zu, so dass der zukünftige Lehrer sein masochistisches Faible ungeniert ausleben kann – und zwar mithilfe seines dominanten Gegenparts Doyama, ein wahrer Virtuose lustvoller Schmerzen.

Sharing Life *von Sattsu Kida*

Eita ist ein gewissenhafter Geschäftsmann, der sein Leben voll im Griff hat. Bis eines Tages Daisuke, sein Freund aus Kindertagen, vor seiner Wohnungstür steht und ihm erklärt, dass er bei ihm einzieht. Der wilde Freigeist Daisuke wirbelt Eitas Leben ziemlich durcheinander…

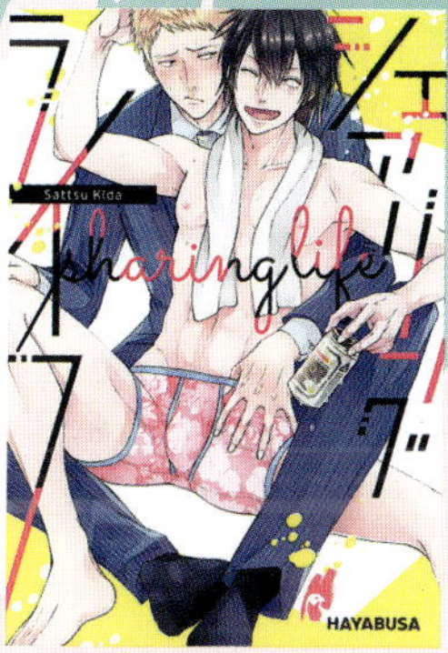

vorläufiges Cover

www.hayabusa-manga.de

BOYS LOVE

And Then I Know Love *von Honoji Tokita*

Nach einem Unfall muss Shogo seine Profifußballer-Karriere beenden und in einer Konditorei arbeiten. Dort verliebt er sich in seinen Chef, den ruhigen und immer höflichen Akira. Eines Tages merkt er, dass Akira auch ganz anders sein kann… und ergreift die Initiative!

Two Sides of the Same Coin *von Rou Nishimoto*

Yuji und Kou beginnen eine Affäre. Beide haben ein Scheißleben und mit Kindheitstraumata und allerlei psychischem Druck zu kämpfen. Es entwickelt sich eine innige Liebe, doch mittenrein stößt wie ein kalter Dolch eine unfassbare Nachricht, die alles zu zerstören droht…

FANGS *von Billy Balibally*

En wird von Vampiren gebissen und zurückgelassen. Ichii, ein Vampir der Organisation „FANGS", findet ihn und nimmt ihn unter seine Fittiche. Und das ist auch nötig, denn für einen unerfahrenen und gutaussehenden Vampir ist das neue Leben alles andere als einfach…

hayabusa_manga HayabusaTweets

EVY

THE PAWN'S REVENGE

RACHE IST NICHT WIRKLICH SÜSS...

Je-oh arbeitet als Prostituierter. Eines Tages wird er zusammen mit seinem skrupellosen Zuhälter von einem geheimnisvollen Typen entführt. Er setzt alles ein, um irgendwie aus seinem Gefängnis zu fliehen – er versucht sogar, seinen Peiniger zu verführen. Doch dieser lässt sich nicht so einfach täuschen. Trotzdem schafft er es, dass sich Seong-rok etwas öffnet und Licht in die ganze Sache kommt.

Ein düsteres Psycho-Drama voller Intrigen, Rachegelüsten und heftigem Sex nimmt seinen Lauf...

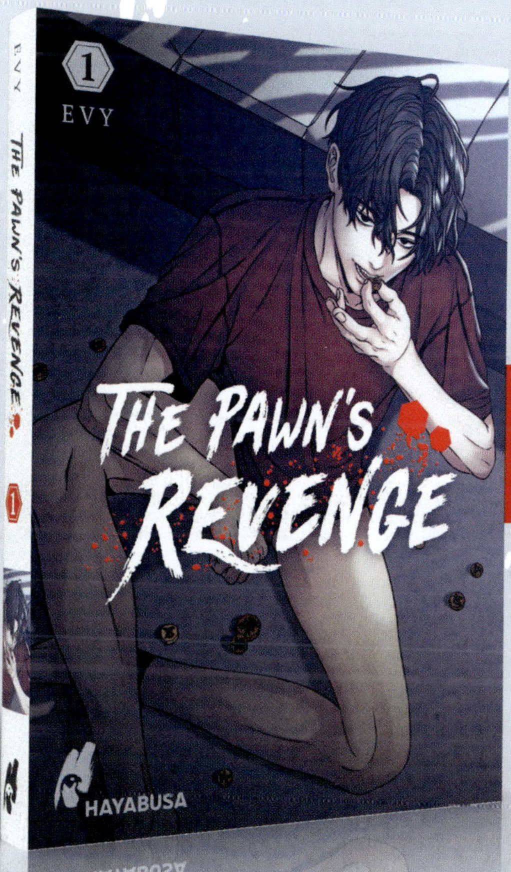

Boys Love • ab 18 Jahren
Paperback • farbig
ca. 224 Seiten • 14,5 x 21 cm

HAYABUSA
www.hayabusa-manga.de

hayabusa_manga HayabusaTweets

summer

Where the Dragon's Rain Falls

DER SÜSSE DUFT VON KIRSCHBLÜTEN UND FREIHEIT...

Laut einer Legende ist ein Volk, dem ein Drache erscheint, dazu bestimmt, Wohlstand zu erlangen. Nach langer Zeit wird in dem von Wüste bedeckten Königreich Rahan endlich ein neuer Drache geboren, aber... als zerbrechlicher kleiner Junge! Bis dieser Junge erwachsen ist, wird er vom Kronprinzen in den Tiefen des Palastes versteckt. Doch eines Nachts stößt Suu, ein einfacher Diener, auf ein unerwartetes Geheimnis... Und so beginnt eine Geschichte von Liebe, Besessenheit und Sehnsucht.

Mit exklusiver Photocard in jedem Band
– nur in der Erstauflage!

Boys Love • ab 14 Jahren
Softcover • farbig
ca. 272 Seiten • 14,5 x 21 cm

www.carlsen.de/webtoons

hayabusa_manga carlsen_manga

Adaption & Art: **Aeju** | Story: **Chepali**

The WORDS In YOUR SNARE

WAGHALSIGE GEDANKENSPIELE…

Jooin Lee hat eine außergewöhnliche Fähigkeit: Er kann die Gedanken seiner Mitmenschen wie geschriebene Worte lesen – was dazu geführt hat, dass er gesprochenen Worten nicht mehr vertraut.

Er hat das turbulente Stadtleben Seouls hinter sich gelassen und auf dem Land ein beschauliches neues Leben als Cafébetreiber begonnen. Eines Tages lernt er Mookya kennen, der eine hohe Position in einer berüchtigten Gang innehat. Jooin ist direkt von dem geheimnisvollen Fremden fasziniert – allem voran davon, dass er dessen Gedanken nicht sehen kann. Zwischen den beiden entbrennt eine turbulente Beziehung, die nicht ungefährlich ist…

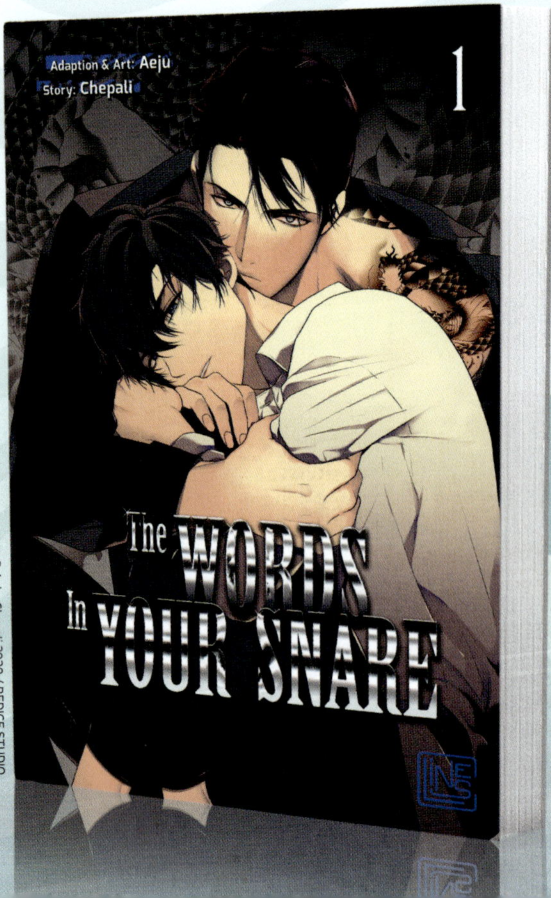

Mit exklusiver Photocard in jedem Band
– nur in der Erstauflage!

Boys Love • ab 18 Jahren
Softcover • farbig
ca. 304 Seiten • 14,5 x 21 cm

www.carlsen.de/webtoons

hayabusa_manga
carlsen_manga

PLUTO

DEAR·DOOR

DÄMONISCH HEISSE BOYS LOVE!

Nach dem Tod seiner Freundin möchte der Polizist Kyungjoon einfach nur in Ruhe seine Zimmerpflanzen gießen und Verbrecher jagen. Doch als die polizeilichen Ermittlungen gegen eine mysteriöse Sekte übernatürliche Ausmaße annehmen, findet sich Kyungjoon unversehens in einer Welt voller Dämonen und Monster wieder. Der Schlimmste von ihnen ist der Dämonenkönig, der sich selbst Lord Cain nennt. Wie sich herausstellt, ist Cain zum Überleben auf Mana angewiesen, das nur durch ein »Portal« in Kyungjoon zugänglich ist. Doch wie öffnet er dieses Portal?

Mit exklusiver Photocard in jedem Band
– nur in der Erstauflage!

Boys Love • ab 18 Jahren
Softcover • farbig
ca. 288 Seiten • 14,5 x 21 cm

www.carlsen.de/webtoons

hayabusa_manga carlsen_manga